कविता संग्रह

अंकित कुमार यादव

अंजुमन प्रकाशन

अधूरे अल्फ़ाज़ (कविता संग्रह)
सर्वाधिकार : अंकित कुमार यादव 2019

मूल्य भारत में 125
मूल्य विदेश में $ 8

अंजुमन प्रकाशन

942, आर्य कन्या चौराहा, मुट्ठीगंज
प्रयागराज - 211003 उत्तर प्रदेश, भारत
website - www.anjumanpublication.com
E-mail - anjumanprakashan@gmail.com

ISBN : 978-93-88556-17-0

प्रथम संस्करण अंजुमन प्रकाशन द्वारा 2019 में प्रकाशित
आवरण व टाइपसेटिंग - अंजुमन प्रकाशन, प्रयागराज
भारत में मुद्रित

यह कविता-संग्रह मेरे माता-पिता को समर्पित है

जिन्होंने सदैव मुझे एक अच्छा इंसान बनने के लिए प्रेरित किया है। क़िस्से कहानियों का दौर भी उन्हीं से शुरू हुआ। बचपन में माँ कहानियाँ सुनाती थीं और आजकल पिताजी को मेरी कविताएँ खूब भाती हैं। उन्हीं के दिये जीवन से उपजी कुछ भावनाओं को व्यक्त करने का एक प्रयास है यह पुस्तक और इसके रचयिता मेरे यह दो अनमोल रत्न हैं, जिनका शुक्रिया अदा करने की भी मेरी हैसियत नहीं है।

अपनी बात

बहुत समय से सोच रहा था कि कुछ लिखूँ। परन्तु किसके बारे में लिखूँ? उन लोगों के बारे में लिखूँ जो आपस में लड़ने-मरने को तैयार हैं, जो एक-दूसरे को फूटी आँख नहीं सुहाते या उन अफ़सानों के बारे में लिखूँ जो हक़ीक़त का चोला ओढ़ने से वंचित रह जाते हैं। उन यलगारों के बारे में लिखूँ जो बेपनाह इश्क़ का जाम छलकाते हैं या उन मददगारों के बारे में लिखूँ जो ईनाम की आस में परलोक सिधार जाते हैं। उन मुस्कुराते चेहरों के बारे में लिखूँ जो बेफ़िक्री में अपने दिन गुज़ार रहे हैं या उन मुरझाये मतवालों के बारे में लिखूँ जो तन्हाई में अपना वजूद तलाश रहे हैं।

फिर एक दिन ज़िन्दगी से मुलाक़ात हुई। पूरा मायाजाल समझ में आने लगा। सारा खेल साफ़-साफ़ दिखने लगा। लिखने के लिए मुद्दे मिलने लगे और लिखने की वजह भी मिल गयी जब दिल और दिमाग़ ने एक साथ कहा। ऐसा लगने लगा मानो अब लिखने के सिवाय कोई और उपाय नहीं है। पहले ज़हन में ख़्याल आया क़िस्सागोई करने का, मगर फिर क़िस्से और कहानियों में वो बात कहाँ है जो काव्य-रस में है। क़िस्से कई बार पाठक को उबाऊ लग सकते हैं मगर कविता अपनी बात कहकर कब निकल जाती है पता ही नहीं चलता। और फिर कविताओं का असर भी कुछ गहरा ही होता है। फ़िलहाल कोशिश की है कविताओं के माध्यम से ज़िन्दगी के कुछ अनछुए लमहों से रूबरू कराने की।

कविता लिखने की सबसे अच्छी बात यह है कि इसे लिखते समय इसकी शुरूआत और अन्त के बारे में अधिक दिमाग़ नहीं लगाना पड़ता। कविता कोई चाहकर लिख नहीं सकता। कविता स्वयं ही अपना माध्यम चुनती है। मुझे इस पुस्तक के माध्यम से वह सौभाग्य प्राप्त हुआ है कि मैं अपने अंदर की आवाज़ को कविताओं के रूप में सँजोकर आपके सामने प्रकट कर रहा हूँ। इनमें मौजूद हैं वो कहानियां जो आपको अपने बचपन में ले जाएँगी, जिन्हें आप अपने आसपास होते देखते होंगे या जिन्होंने आपको कभी न कभी विचलित किया होगा। कुछ कविताएँ ऐसी भी होंगी जो आपके अन्तर्मन को छू जाएँगी और आपकी ख़ुद से मुलाकात कराएँगी।

एक दिन मुझसे किसी ने पूछा कि इंसान के दुःख का कारण क्या है? उस समय तो मेरे पास कोई उत्तर नहीं था, मगर काफ़ी मनन करने पर जो उपयुक्त

कारण लगा वो है अधूरापन। मनुष्य हर काम पूरा करने की ज़िद्दोजहद में लगा रहता है और यदि वो किसी कारणवश अधूरा रह जाए तो निराश हो जाता है। वैसे देखा जाए तो हमारे आसपास सब कुछ अधूरा ही तो है। हमारी खुशियाँ अपनों के बिना अधूरी हैं, हमारी सफलताएँ कठिनाइयों के बिना अधूरी हैं। अधूरापन हमें आगे बढ़ने की शक्ति देता है। हमारी अधूरी ज़िन्दगी में कुछ यादें अधूरी रह जाती हैं जिन्हें हम फिर से जीना चाहते हैं, कुछ सपने अधूरे रह जाते हैं जिन्हें हम पूरा करना चाहते हैं, कुछ बातें अधूरी रह जाती हैं जिनके अल्फ़ाज़ हम ढूँढ़ नहीं पाते। इसी अधूरेपन का उत्सव है यह 'अधूरे अल्फ़ाज़' जिसमें शायद आप अपना अधूरापन तलाश पाएँ और उसे मुस्कुराहट से सराबोर कर पाएँ।

चार दिनों की ज़िन्दगी
चन्द बिखरे साज़
कुछ हमसे दूर हैं
कुछ हैं हमारे पास
गहराइयों के भीतर हैं
दबे गहरे राज़
हर प्राणी है ज़ीवन में
वक़्त का मोहताज़
हमें ख़ुद से जोड़ते हैं
यह अधूरे अल्फ़ाज़

इन अल्फ़ाज़ का न तो
कोई रंग है न रूप
न जाति है न धर्म है
न किसी आक्रोश का मर्म है
यह आज़ाद हैं कहीं भी आशियाँ बनाने के लिए
हर जगह अपना गुलिस्तां खिलाने के लिए
आइए आपको इन अधूरे लफ़्ज़ों से रूबरू कराता हूँ
इस किताब के पन्नों पर आपका अपना ही अक्स दिखाता हूँ

- अंकित कुमार यादव

अनुक्रम

प्रेम कबूतर

प्रेम के जितने भी रंग देख लो
कम ही होते हैं
इश्क़ में डूबे सारे प्रेमी
हुडदंग ही होते हैं
नशा है यह दो दिलों का
आशियां है यह क़ातिलों का
जो ज़ख़्म भी मुस्कुराकर करते हैं
जो इश्क़ भी ख़ुद को भुलाकर करते हैं
दुनिया को तो वो कबका भुला चुके होते हैं
दो जोड़ी आँखों में अपनी दुनिया बसा चुके होते हैं
यह कविता उन प्रेम कबूतरों के नाम लिखता हूँ
मुस्कुराहट भरा मैं यह पैग़ाम लिखता हूँ
दुनिया बनाने वाले ने क्या ख़ूब सौग़ात रचायी है
प्रेम से भारी यह ख़ूबसूरत दुनिया बनायी है...

उजाला

उन ठहरे हुए लम्हों में खोया हुआ
वो सोच रहा था
कितना कुछ बदल गया है
इन बीते कुछ सालों में
सुबह की हवा से उसका ध्यान टूटा
मायूस चेहरे पर सवालों के निशान थे
जहाँ कभी मुस्कान का बसेरा था
ख़ामोशी के बादल आज जहाँ मँडरा रहे थे
वहाँ कभी ख़ुशियों का डेरा था
एक सवाल जो वो ख़ुद से रोज़ करता था
क्या इसी ज़िन्दगी के लिए वो शहर आया था
क्या वो ख़ुश है अपनों से बिछड़कर
अपने बचपन के साथियों से दूर छिटककर
वो पिता की डाँट आज भी उसे याद है
माँ की हर पुकार में उसके लिए फ़रियाद है
खाने को बहुत कुछ है इस शहर में
मगर फिर भी वो भूखा है
ख़ुशियों का आँगन पूर्णतया सूखा है
ऐ माँ अपने हाथ से खिला दे एक निवाला
आ जाएगा उसकी ज़िन्दगी में आज फिर उजाला..

तितलियाँ

भरी दोपहरी में खुल गयीं आज
मन की सारी खिड़कियाँ
बात जबसे की है उनसे
दिल खा रहा अठखेलियाँ
अंजुमन के रंज-ओ-ग़म में
गिर रही हैं बिजलियाँ
उनके घर से मेरे घर तक
उड़ रही हैं तितलियाँ ....

क़तार

इन राशन की क़तारों में खड़े लोगों को देखकर
ऐसा लगा मानो यह क़तार ज़िन्दगी है
हर कोई एक-एक क़दम आगे बढ़ रहा है
अपने अंतिम सफ़र की ओर
ज़िन्दगी और मौत के बीच का फ़ासला
इस क़तार जितना ही तो है
अंत में किसी को राशन मिले या न मिले
सफ़रनामा चलता रहता है
मनुष्य यूँ ही आगे बढ़ता रहता है
सुख-दुःख की सीढ़ी चढ़ता रहता है
ख़्वाबों के महल गढ़ता रहता है
किसी को नहीं पता यह क़तार कब ख़त्म हो जाएगी
राशन की दुकान कब बंद हो जाएगी....

नौकरी

तेरा वजूद उस भगवान की तरह है
जिसकी तलाश में हर कोई भटकता रहता है
मुस्कुराती हुई लाश के जैसे इंसान
अंदर ही अंदर तड़पता रहता है....
तुझे पाने की चाह अंदर से झकझोर देती है
तेरे न मिलने पर हर उम्मीद दम तोड़ देती है
तू मिल जाए तो क़ायनात अपने कंधे पर बिठा लेती है
तू न मिले तो सारी दुनिया साथ छोड़ देती है....
आज के दौर में तू ऑक्सीजन बन गयी है
तेरे बिना इस लाश में जान नहीं आएगी
कितने भी जतन करने पड़े तेरे लिए
तू जब भी आएगी मेरे सारे अरमान रंग लाएगी....
सारी ख़ुशियाँ त्याग दी तुझे पाने की ख़ातिर
इतनी आसानी से हाथ नहीं आएगी तू है बड़ी शातिर
घर-परिवार से दूर रहकर मैं थक-सा गया हूँ
तेरे चक्कर में मैं ज़िन्दगी से बहक-सा गया हूं...
आख़िर तू भी एक समाज का ढकोसला ही है
लोगों के लिए दिखावे का चोचला ही है
फिर भी मैं तुझसे हार नहीं मानूँगा
तुझे हासिल करके ही सत्य को जानूँगा
वो सत्य जो बिना ठोकर खाए अच्छा नहीं लगता
वो सत्य जिसको जानकर मैं जी नहीं सकता....

कुछ कहूँ

तुम साथ दो तो कुछ कहूँ
कुछ अपने बारे में कुछ तुम्हारे बारे में
तुम हाँ कहो तो संग रहूँ
सपनों के बने तुम्हारे आशियाने में
कहो तो बह चलूँ मैं दरिया बनकर
तुम्हारी मुस्कुराहटों का जरिया बनकर
न जाने कब से चुप हूँ तुम्हें एकटक निहारता हुआ
तुम्हारी आँखों में अपनी ज़िन्दगी सँवारता हुआ
बस एक इशारा कर दो कि कुछ कहूँ
या तुम्हारी यादों के संग ही जीता रहूँ।

धुआँ उठ रहा है

रफ़्तार बढ़ा दी गयी है
जिन्दगियाँ तबाह करने की
पूरी ताक़त लगा दी गयी है
इश्क़ बेइन्तहा करने की

न कोई सुनेगा
न कोई रुकेगा
बिना ठोकर खाये
न कोई थमेगा

दर्द मिलेगा जब बेवफ़ाई का
न मौक़ा मिलेगा किसी सुनवाई का
चाँद-सितारे भी मनहूस लगने लगेंगे
मौसम होगा जब सिर्फ़ रुसवाई का

वक़्त है अभी भी ठहर जा
उन खोखली उम्मीदों से गुज़र जा
अगर मरने का शौक़ है तो शौक़ से मर
मगर सिर्फ़ एक बार मर
बार-बार तड़प क्यों सह रहा है
इश्क़ के दरिया में क्यों बह रहा है

धुआँ उठ रहा है तेरे ख़्वाबों के आशियाने से
आशिक़ों की भीड़ चली आ रही है शहर के मयख़ानों से
मोहब्बत करने की ज़िद है तो कर ले
ख़ुदा के भेजे हुए अनमोल नज़रानों से।

परछाई

चलते-चलते वो थक-सा गया था
तेज़ धूप में पसीने से तरबतर
छाँव में कुछ देर सुस्ताने लगा
उसकी ज़िन्दगी उसकी आँखों के सामने तैर गयी
कितने अरमानों के साथ वो मुम्बई आया था
आज दस साल बाद भी ले-देकर उसके पास
अपना कहने लायक़ कुछ भी नहीं है
मकान भी किराये का है
नौकरी का भी कोई ठिकाना नहीं है
शायद ज़िन्दगी भी वो उधार की जी रहा है।
इतने में एक बस आकर रुकी
भीड़ का एक झोंका उसकी ओर दौड़ पड़ा
वो भी उन लोगों की भीड़ में
कहीं खो-सा गया था
जो हर साल अनेक सपने सजाए मुम्बई आते हैं
और अधूरे अफ़सानों के साथ
सारी ज़िन्दगी गुज़ार देते हैं
हर चीज़ बेगानी है यहाँ
अगर अपना कहने को कुछ है
तो वो है अपनी परछाई...

अलाव

काँपते हाथों से वो लकड़ियाँ जुटा रहा था
सर्द हवा उसके वृद्ध शरीर को चीरकर जा रही थी
ठिठुरता हुआ वो घर के अंदर दाख़िल हुआ
कमरा बन्द करके उसने लकड़ियाँ जला लीं
आग तापते हुए उसकी आँख भर आयी
आँसू छलककर अलाव में गिर रहे थे
ऐसा लग रहा था मानो
कोई आग में घी डाल रहा था।
बरसों पुरानी याद उसके ज़हन में उभर आयी
जब उसके बच्चे साथ बैठकर अलाव सेंकते थे
और अपने स्कूल की दिनचर्या बताते थे
आज वो सब अपनी दुनिया में मस्त हैं।
और ये बूढ़ा आज भी इस इंतज़ार में है
कि उनकी एक झलक दिख जाए
कराहते हुए वह उठ खड़ा हुआ
इस उम्मीद में कि शायद
आज खाने को कुछ मिल जाए...

आँख-मिचौली

रोशन होते आसमान को देखकर
शमा ने भी अपनी रोशनी बढ़ा दी
जैसे चाँद से कोई विरोधाभास हुआ हो
या फिर अपनी लौ बुझने का अहसास हुआ हो
उधर तारों ने चाँदनी रात को और भी जवान कर दिया
इधर शमा ने हमारे आशियाने को गुलिस्तां कर दिया
चाय की गरमा गर्म प्याली उनका ध्यान भटकाने लगी
फिर से आज यह होंठ न जल जाएँ
यह सोचकर वह प्याला उठाने से कतराने लगी
इसी उधेड़बुन में अँधकार का मायाजाल फैलता गया
चिड़ियों की चहचहाहट से वातावरण महकता गया
आँखमिचौली खेलकर अब शमा भी थक गयी
वो मोहतरमा चाय की सुगंध से ही बहक गयी।

दूध और शहद

गाय के दूध में मधुमक्खी का शहद
कभी मिलाया है क्या ?
इस अद्भुत मिश्रण का स्वाद
कोई चख के आया है क्या ?
जैसे ही शिक्षक महोदय ने यह प्रश्न
अपनी खेती की कक्षा में पूछा
सबसे पीछे वाली बेंच पर बैठे
दो बच्चों को एक नया मसखरा सूझा
मास्टर साहब हमने मिलाया है दूध में शहद
मगर उसका स्वाद कुछ ख़ास नहीं होता
और जो उस मिश्रण का एक बार सेवन कर ले
वो दोबारा इस कक्षा में पास नहीं होता।
ठहाकों की आवाज़ में मास्टर जी ने भी
थोड़ी-सी मुस्कुराहट भर ली
उनके हाथ में लाल छड़ी देखकर
दोनों बच्चों ने अपनी आँख बँद कर लीं
आओ आज तुम्हें अपने इस रूप के दर्शन कराता हूँ
आओ आज तुम दोनों को दूध और शहद बनाता हूँ।

पिता

अपने कंधों पर बिठाकर जो सारा शहर घुमाता है
हर मुश्किल घड़ी में भी जो मंद मंद मुस्कुराता है
अपनी ख़ुशियों को भूलकर जो अपना फ़र्ज़ निभाता है
परमात्मा की परछाई बनकर जो हर घर को महकाता है
वो सीधा-सादा आदमी पिता कहलाता है

बच्चों की ज़िद से लेकर
परिवार की ज़रूरतों तक
वो सब पूरी करता है
पढ़ाई-लिखाई से लेकर
घर-गृहस्थी तक
वो हर काम ज़रूरी करता है

महापुरुष की परिभाषा है वो
आत्मीय सद्गुणों की अभिलाषा है वो
अकेले दम पर सारी दुनिया का सामना करना
कोई आसान काम नहीं
मेरे लिए तो सिर्फ़ वो ही महाशक्ति है
बाक़ी कोई दूसरा भगवान नहीं

कितना कुछ सीखने को है
पिता के चरणों की छाँव में
ख़ुशी और ग़म में एक सी मुस्कुराहट
मानो पहुँच गये हों संतोष के गाँव में

दर्द में भी जो अपना ग़म भली भाँति छिपाता है
ज़िम्मेदारियों का जिससे बरसों से नाता है
ख़्वाहिशों की बारिश बनकर जो ख़ुशियाँ बरसाता है
वो सीधा-सादा आदमी पिता कहलाता है

यूँ तो बहुत से चाँद देखे

यूँ तो बहुत से चाँद देखे थे हमने
आसमान से धरती पर उतरते हुए
कुछ सितारे भी आए थे दावत में हमारी
चमक बिखेरकर चहकते हुए
दहलीज़ पर हमारी सूरज खड़ा था
आशियाने का पहरेदार बनकर
उसकी रोशनी से शमा भी रोशन हुई थी
हमने उनको भी देखा बहकते हुए
फूलों के ऊपर भँवरे भी मँडराए
उनकी ख़ुशबू में वो भी महकते हुए
शाम गुज़रने से पहले चाँदनी भी आयी
चाँद के पास से गुज़रते हुए
यूँ तो बहुत से चाँद देखे थे हमने
आसमान से धरती पर उतरते हुए...

अमर प्रेम

आओ तुम्हें अमरता की एक कथा सुनाऊँ
अमर प्रेम की अनोखी दास्तां बताऊँ
पुरानी रीतों से अलग थी वो
कोई अजनबी-सा असर थी वो
जो मेरी सूनी ज़िन्दगी में रंग भर गयी
मेरे जीवन को आनंदित कर गयी
उसकी चंचलता मनमोहक नृत्य जैसी थी
जिसे देखकर मैं भाव विभोर हो जाता था
हार-जीत की किसे चिंता थी
उसकी आरज़ू में ही दिल चौकोर हो जाता था
समय आया फिर जब उनका जवाब आया
भागती ज़िन्दगी में कुछ ठहराव आया
किसी के बताने के लिए कुछ था नहीं
कुछ था तो बस नज़रों के इशारे थे
जो किसी और की समझ से परे थे
हमारे गवाह वो चाँद सितारे थे
जो हर रात हमारे आँगन में पधारे थे।

मुझे तेरी ही तलाश है

मेरा अंतर्मन मुझे झकझोरकर कहता है
मेरी रूह मुझे पुकारकर समझाती है
कि मुझे तेरी ही तलाश है।
व्याकुल आँखें मुझे आतंकित कर रहीं
मृदुल मुस्कान रात दिन भटकाती है मुझे
स्वर्ग रूपी तेज़ तेरा मुझे शांति देता है
जैसे रात्रि के बाद का उजला सवेरा
तेरा दर्शन मुझे प्रसन्नचित्त कर देता है
ऐ प्रभु! मुझे तेरी ही तलाश है।

कहानियाँ

दिल की दीवारों पर आज भी कहानियाँ हैं
कुछ अच्छी कुछ सच्ची
आज भी निशानियाँ हैं

लड़कपन की वो कोशिशें
ग़ैर इरादतन की हुई शरारतें
लहू में मौजूद आज भी रवानियाँ हैं
दिल की दीवारों पर आज भी कहानियाँ हैं

वो वक़्त का ठहरना
वो हवाओं का बहकना
वो अफ़सानों की मजलिस
वो चिड़ियों का चहकना
वो बिन मौसम बरसात
वो अमावस की रात
अपने प्रियतम को खोजती
यह सारी क़ायनात
मदहोश बेबाक दिलों में आज भी जवानियाँ हैं
दिल की दीवारों पर आज भी कहानियाँ हैं...

ख़ुदा का घर

एक तरफ़ डूबते सूरज की लालिमा से
सारा आसमान शरमा रहा था
तो दूसरी ओर उगते चाँद को देखकर
दिन भी बेतरतीबी से मुरझा रहा था
समुद्र की लहरें मिलकर आपस में बातें कर रही थीं
पथरीले रास्तों से गुज़रकर कुछ वक़्त ठहर रही थीं
लहरों के साथ ठंडी हवाओं ने भी अपनी जगह बना ली
किनारे पर बैठने की लोगों ने एक और वजह बना ली
बच्चों की चुलबुलाहट हवा में घुलती गयी
फोटो खींचने की होड़ लोगों में बढ़ती गयी
आइसक्रीम और मूँगफली वालों की रेहड़ियाँ लगने लगीं
इस अद्भुत दृश्य को देखते हुए दुनिया अपनी-सी लगने
लगी
इससे सुंदर भला जन्नत और क्या होगी
इस ख़ुदा के घर के अलावा बरक़त और कहाँ होगी।

मैं अदना सा इंसान हूँ

न हिन्दू हूँ न मुसलमान हूँ
न ख़ुदा हूँ न भगवान हूँ
ख़ुद की तलाश करता हुआ
मैं अदना सा इंसान हूँ

सत्य की तलाश में दर-दर भटकता हूँ
ख़ुद को जानने के लिए तरसता हूँ
इन पारलौकिक बातों से अनजान हूँ
मैं अदना सा इंसान हूँ

मंदिरों और मस्जिदों के बाहर
लोगों को पंक्ति में लगे देखता हूँ
जो तेरे दर्शन करने को उत्सुक रहते हैं
कभी तुझे पत्थर में ढूँढ़ते हैं
तो कभी नीले आकाश में
कभी ख़ुद के अंदर तलाशते हैं
तो कभी कैलास के आवास में

कोई नदी में तुझे ढूँढ़ता है
तो कोई दूध तुझे पिलाता है
कोई पुष्प चढ़ाने आता है
तो कोई चादर चढ़ाने आता है

कहाँ है तू
तेरा बसेरा कहाँ है
तेरी रात कहाँ रहती है
तेरा सवेरा कहाँ है

थक हारकर मैं भी पत्थर में तुझे मान लूँगा
यह आसान तरीक़ा है ख़ुद को बहलाने का
इससे प्रश्न ही ख़त्म हो जाता है
तुझे ढूँढ़ने में समय गँवाने का

मैं तेरा किया हुआ एक एहसान हूँ
अपने कर्मों से नादान हूँ
मैं अदना सा इंसान हूँ...

बारी हमारी है

रंगीन ज़माने की
ख़ुशरंग बहारों में
नादान हवाओं के
बदरंग इशारों में
गुलिस्तां सजाने की
ज़िम्मेदारी हमारी है
बहुत जी लिये तुम
अब बारी हमारी है

अँधेरी रातों की
अनकही बातों की
अजनबी मुलाक़ातों की
अनमने जज़्बातों की
बिन मौसम बरसातों की
दुश्वारी हमारी है
बहुत जी लिये तुम
अब बारी हमारी है

ख़ुशियों की महफ़िल में
हर कश्ती के साहिल में
ज्ञानी और जाहिल में
मूर्ख और काहिल में
बिन कारण आयी हुई
समझदारी हमारी है
बहुत जी लिये तुम
अब बारी हमारी है...

गाँव से शहर

ख़ुशनुमा सुबह को दोपहर कर जाना
तेरा मुझको गाँव से शहर कर जाना
मेरे आँखों के समंदर में जब ग़ोते लगाना
उन बिखरे आँसुओं को अपनी लहर कर जाना
टूटे हुए अरमानों की बस्ती में जाकर
उन अमृतमय यादों को ज़हर कर जाना
इतनी ख़ुशियां अब झेली नहीं जातीं मुझसे
उनको भी अपनी नज़र कर जाना
कुछ और वादे तोड़ने का मन हो अगर तो
कुछ और मुझपे अपना क़हर कर जाना
समय हो पराया तो भी ख़ुशी से
ज़ुल्म अपना मुझपे हर पहर कर जाना
जब कभी आना तो ज़रा ठहरकर जाना
अब तो कुछ थोड़ा-सा सबर कर जाना
दिखा देना हसीन-सा कोई नज़राना
याद आता है अब भी
तेरा मुझको गाँव से शहर कर जाना...

रिसर्च

मैं कौन हूँ?

यह सवाल हर किसी के मन में

कभी न कभी आता तो ज़रूर है

क्या मैं वो हूँ जो सबको बतलाता हूँ

या मैं वो हूँ जिसे जानने से ख़ुद ही घबराता हूँ

इस सवाल का जवाब जानना

जितना ज़रूरी है उतना ही निरर्थक भी

दुनिया भर की किताबें पढ़कर भी

अगर ख़ुद को नहीं जान पाये

तो क्या जाना इस युग में

कर्म ही करना था तो मशीन ही बन जाते

मानवता का चोला क्यों ओढ़ा?

सफलता की चाहत में अन्धे होकर

अपने वजूद का गला क्यों घोटा

क्या स्वयं को जानना इतना ज़रूरी है

क्या इस सवाल का जवाब ढूँढ़ना मजबूरी है?

अगर नहीं भी है तो जानने में क्या हर्ज है

यह प्रश्न मानवता की सबसे अनोखी रिसर्च है।

शीतलहर

भारी-भरकम बस्ता लादे
चले जा रहे भविष्य के वादे
शीतलहर की कड़क ठंड में
न डिगने वाले ये बुलंद इरादे

स्वेटर पहने जैकेट डाले
बच्चे सबके चाहने वाले
गली-मोहल्लों से जब गुज़रें
नज़रें घर की ओर घुमा लें

होमवर्क की टेंशन
पढ़ाई का सिरदर्द
खेलने जाने पर पाबंदी
ऊपर से मौसम सर्द

पिताजी से आँख चुराके
माताजी को पट्टी पढ़ाके
निकले सवारी धूम मचाने
आज़ादी का खेल रचाने।।

मैं अपना नहीं हूँ

सबके बीच में सब-सा होकर भी
मैं अपना नहीं हूँ
सबके बीच सब कुछ पा कर भी
मैं अपना नहीं हूँ
मैं हार गया मैंने मान लिया
सफलता मात्र छलावा है
यह सत्य मैंने जान लिया
किसी को धकेलकर आगे बढ़ना
मेरे विचार में ही नहीं है
सुख-दुःख सब नियति का खेल है
जो मेरे अधिकार में ही नहीं है
मैं हक़ीक़त हूँ
कोई सपना नहीं हूँ
सबके बीच में सब-सा होकर भी
मैं अपना नहीं हूँ।

अलमारी

मैं भी उन किताबों की तरह हूँ
जो बंद अलमारी में रखी हुई
किसी के आने का इंतज़ार करती हैं
जो आकर उन पर जमी धूल हटाएगा
उन पीले पन्नों पर
अपनी उँगलियाँ चलाएगा
पढ़ी हुई कहानियों को
फिर से दोहराएगा
उन लफ़्ज़ों में खो जाएगा...
जो कब से उसे पुकार रहे हैं
उसकी राह तलाश रहे हैं....

वजूद

ख़ामोशियों के समंदर में
जब अल्फ़ाज़ों ने ग़ोते लगाए
हम भी समझ गये
कि समय आ गया है
कुछ नये विचार लाने का
कहीं दूर चले जाने का
सबको विश्वास दिलाने का
कि सब कुछ ठीक है...
हाँ सब कुछ ठीक है
देखो हम मुस्कुरा रहे हैं
दुनिया के सामने
क़ायदे से पेश आ रहे हैं
अपने वजूद को कहीं
पीछे छोड़ते जा रहे हैं।

मौत की शहज़ादी

सज धजकर जब मौत की शहज़ादी आयेगी
न सोना काम आयेगा न चाँदी काम आएगी
विचारों में जब इंसानियत की आँधी आयेगी
न ढकोसले काम आयेंगे न राजनीति काम आयेगी
ख़ुशियों के बाद जब ग़ैर ज़िम्मेदारों की बरबादी आयेगी
क़िस्मत ज़िन्दगी का कुछ और अंजाम दिखाएगी
मायूसी जब हद से ज़्यादा दुनिया में छाएगी
कोई अप्सरा स्वयं मोहब्बत का पैग़ाम लाएगी

इंतज़ार

कुछ आहट हुई शायद
मेरी आँख खुल गयी
सन्नाटे में कोई दरवाज़ा खटखटा गया
या शायद वो मेरा भ्रम था
मैं दोबारा उस आहट का इंतज़ार करने लगा
शायद मैं हमेशा से ही किसी का इंतज़ार कर रहा था
जिसे कभी देखा नहीं जिसे कभी जाना नहीं
उस हसीन शख़्सियत का ख़याल मन में लाये
मुस्कुराहट ओढ़कर
मैंने आँखें बंद कर लीं
इस उम्मीद में कि कम से कम ख़्वाब में ही
इंतज़ार का फल मिल जाए।

अंतर्मुखी

दरवाज़े पर कोई दस्तक दे रहा था
मैं अपने मौन में मगन था
बार-बार दरवाज़ा पीटने पर भी
मैं सोने का नाटक करता रहा
इस उम्मीद में कि वो चला जाएगा
न जाने क्यों रोज़ वो आ जाता है
मुझे परेशान करने
न जाने क्यों दुनिया किसी को
चैन से जीने नहीं देती
क्या मुझ जैसे अंतर्मुखी प्राणियों को
खुश देखकर लोग जलते हैं
क्यों मुझे अकेला पाकर ये सब
मुझसे बातें करने लगते हैं
कैसे कहूँ मैं उन सबसे
कि मुझे बात नहीं करनी उनसे
मैं जब बोर होता हूँ तो
ख़ुद से बात कर लेता हूँ
न जाने लोग शांति की तलाश में
इतना भटकते क्यों रहते हैं
जबकि शांति तो पहले से हमारे अंदर है
बस हर कोई उसे देख नहीं पाता
और जो देख लेता है दुनिया उसे
समझ नहीं पाती
मगर मुझे क्या
मैं अपने मौन में ही मगन हूँ
मैं ही धरती मैं ही गगन हूँ....

ज़ख़्म

ग़लती तो की है
ख़ुद से झूठ बोलकर
ख़ुद को बहला-फुसलाकर
कि सब ठीक हो जाएगा
शायद इससे बड़ा झूठ कुछ
हो ही नहीं सकता
वक़्त बदल जाता है
इंसान बदल जाते हैं
ज़ख़्म भी भर जाते हैं
मगर उनके निशान ताज़ा रहते हैं
हर पल उसी मोड़ पर लाकर
खड़ा कर देते हैं जहाँ से
बरसों पहले शुरूआत की थी
फिर भी हम ख़ुद को दिलासा देते हैं
कि सब कुछ ठीक है
ताकि हमारे अपने ख़ुश रह सकें
मगर वो भी तो शायद
अपने ज़ख़्मों को याद करते होंगे
हम सब एक-दूसरे से अपने ज़ख़्म
छुपाते फिर रहे हैं
फिर भी एक-दूसरे को अपना शुभचिंतक
बताते फिर रहे हैं....

बिन बुलाया मेहमान

क़ुदरत का खेल किसी की समझ में नहीं आता
वैसे समझ में भी कैसे आएगा
किसी मानव द्वारा रचित खेल थोड़े ही है
जिसे समझना आसान होगा
कभी-कभी हम क़ुदरत को समझने की
गुस्ताख़ी कर बैठते हैं
और क़ुदरत भी हमारे मज़े लेने लगती है
हमें लगता है हम क़ुदरत से जीत जाएँगे
मगर हम उसके खेल में और फँसते जाते हैं
लोभ की दलदल में और धँसते जाते हैं
और जब हमारी जीतने की उम्मीद टूट जाती है
तो कोई बिन बुलाया मेहमान आकर
हमें आश्चर्यचकित तो करता ही है
साथ में हमें खेल भी जीतवा देता है
या शायद हमें भ्रम होता है जीतने का
हम हमेशा से ही भ्रम में जीते हैं
इस भ्रम में कि हम जी रहे हैं...

दुनिया

कुछ पुण्य गँवाये थे
कुछ पाप कमाये थे
उन छलावों के साये
मेरे सामने आये थे

यह दुनिया झूठी है
जो मुझसे रूठी है
मुझको क्या छोड़ेगी
यह ख़ुद ही टूटी है

अफ़सोस नहीं होता
मलाल नहीं रहता
न मुस्कान ही आती है
न आँसू है बहता

एक दिन इस दुनिया में
हर चेहरा बिक जाएगा
इन अफ़सानों के साथ
मेरा अक्स भी मिट जाएगा...

तुझे क्या सुनाऊँ

ख़ुद का लिखा मैं ख़ुद ही भूल जाता हूँ

तुझे क्या सुनाऊँ

तुझसे भागकर मैं तेरे ही पास आता हूँ

तुझे क्या बताऊँ

कहानी नहीं है हमारी कोई

यह अच्छे से जानता हूँ

मगर ख़ुद को कैसे समझाऊँ

कुछ बातें समझ के परे होती हैं

जिन पर किसी का बस नहीं होता

हम उन बातों के बाद की बात का हिस्सा हैं

जिन्हें करते करते

मैं ख़ुद ही थक जाऊँ

इस एहसास के बारे में मैं ख़ुद नहीं जानता

फिर तुझपे क्या हक़ जताऊँ

ख़ुद का लिखा मैं ख़ुद ही भूल जाता हूँ

तुझे क्या सुनाऊँ...

आ जाओ भोले पनघट पे

घनघोर तपस्या में हूँ लगा
मैं पूरे अपने तन-मन से
तेरे दर्शन को तत्पर हूँ
न जाने कितने जन्मों से

अघोरी बनकर बैठा हूँ
गंगा के मैं हर तट पे
दर्शन देने का जब भी मन हो
आ जाओ भोले पनघट पे

रहूँगा यहीं जीवन भर मैं
मेरा काल भी क्या बिगाड़ेगा
मुझे किसकी है क्या चिंता
मेरा महाकाल मुझे सँवारेगा

शिव शम्भू तू है वर दाता
मेरी हर श्वास से है तेरा नाता
तू ही मेरी अभिलाषा है
तू ही है प्रतिकार मेरा

मुझमें तू ही समाया है
मुझ पर है अधिकार तेरा
धन्य हो गया पाकर मैं वरदान तेरा
तेरी पूजा करने में है सम्मान मेरा
मेरा जीवन तुझपे न्योछावर है
कभी ले लेना बलिदान मेरा...

शहर-ए-लखनऊ

यह शहर है नवाबों का
यह गुलिस्तां है आदाबों का
गली-गली में यहाँ ख़ुशबुओं का बसेरा है
जिधर देखो उधर मुशायरों का डेरा है
बिरयानी के यहाँ क़द्रदान हज़ारों हैं
माखन मलाई चखने को यहाँ ज़ुबान हज़ारों हैं
इमामबाड़े से लेकर चौक के गलियारों तक
हज़रतगंज से लेकर अलीगंज के चौराहों तक
लोग चाट की प्लेटें चाटकर रखते मिल जाएँगे
मुस्कुराएँ कि आप लखनऊ में हैं
यहाँ भगवान भी किसी दुकान पर
कोई पकवान चखते मिल जाएँगे....

इश्क़ का त्योहार

कुछ नग़मे मेरे क़ैद में हैं
उन्हें आज़ाद कर लेने दो
मैं बहुत दिनों से चुप बैठा हूँ
आज थोड़ा-सा जी लेने दो
थक गया हूँ इस व्यापार से
इस नीरस घर बार से
हवाओं में आज न्योता सरेआम आया है
उनसे मोहब्बत करने का पैग़ाम आया है
सिर झुकाये अब फिर घर नहीं जाना है
इश्क़ का त्योहार दिल खोल के मनाना है
मुरझाए फूलों से दोस्ती नहीं करनी है
भँवरों के साथ अब दावत पे जाना है
घर से निकलने का शायद यह एक बहाना है
मुझे तो बस इश्क़ का त्योहार मनाना है..

बचपन

सात फीट की वो दीवार फाँदकर
दूसरे के आँगन से बॉल ले आना
वो कूलर के सामने सोने की जगह
घेरने के लिए सबसे लड़ जाना
मम्मी का पापा को हमारी हर
ग़लती को बढ़ा-चढ़ाकर बताना
उनका हमारी ओर आते हुए
देखकर ही डर के सहम जाना
किताबों के बीच वो नागराज
और ध्रुव की कॉमिक्स छुपाना
पढ़ते-पढ़ते ही सो जाना
वो शाम को पार्क में दोस्तों का
खेलने के लिए बुलाना
जिसने बॉल मारी उसका
नाली से बॉल निकालने जाना
मैच जीतने की खुशी में
बल्ला हवा में लहराना
अगर समय मिल जाए तो
ऐ बचपन! जल्दी घर आना...

ये खेत ये खलिहान

ये खेत ये खलिहान
बचपन की यादों के निशान
वो गर्मी की छुट्टियाँ
धूप में दौड़ते हम नादान
वनों में शान से घूमते
ख़ुद के बनाए खेल खेलते
दुनिया भर से हम अंजान
अब हम सब बच्चे
हो गए जवान
न जाने कहाँ खो गया
वो हुड़दंगी का जहान
रह गये तो बस
उन यादों के निशान
ये खेत ये खलिहान...

 अधूरे अल्फ़ाज़ / अंकित कुमार यादव

अँधेरा

अँधेरा मुझे खा जाए
जब भी तेरी याद आए
अल्फ़ाजों के दफ़्तर में
कोई दीपक बुझा जाए

उजालों से मुख़ातिब हो
मेरे अरमानों की दीवारें
कुछ पल की रोशनी हो
फिर अँधेरा छा जाए....

चाँद सितारे

वो मुस्कुराहटें
वो सुगबुगाहटें
वो क़हक़हे
वो बतकही
वो ठहाके
वो अफ़साने
वो गुलज़ार ज़िन्दगी के
कुछ हसीन पैमाने
जो सबने साथ गुज़ारे हैं
याद रह जाएँगे जीवन भर
वो सारे चाँद सितारे
जो धरती पर आज पधारे हैं....

गुज़रती शाम

गुज़रती शाम को देखकर आज एक ख़याल आया
एक दिन इस शाम की तरह हम भी ढल जाएँगे
सूर्यास्त की किरणों को देख मन में सवाल आया
जाना तो है एक दिन आज नहीं तो कल चले जाएँगे।

शाम ढली तो रात ने सबको अपनी आग़ोश में घेर लिया
इतना सन्नाटा छाया जैसे सबने उसकी बात मान ली
सब थके-हारे यात्री अपने घरौंदों को लौट गये
अन्धकार देखकर हमने भी अपनी चादर तान ली।

कुछ समय में यह रात भी गुज़र जाएगी
कल की सुबह फिर नया मुक़ाम लाएगी
ज़िन्दगी की कशमकश में बस जीना मत भूल जाना
वरना मौत का क्या पता कब अपना अक्स दिखलाएगी।।

चलो! उठो!

ऐ इंसान! चलो उठो!

आगे बढ़ो! बढ़ते चलो!

कुछ कर्म करो कुछ त्याग करो

कुछ ध्यान करो कुछ बैराग करो

जीवन का मूल मतलब समझो

दिन भर सिर्फ़ समय न काटो

जितना कुछ दिया है ईश्वर ने

बिना संकोच के ज़रूरतमंदों में बाँटो

ऐ इंसान! चलो उठो!

अपनी छोड़ो! सबकी सोचो!

ख़ुद का क्या है इस दुनिया में

जो कमाया है वो सब यहीं छोड़कर जाना है

जितना भी ख़ुद के लिए जी लो

अंत में वो सब कम पड़ जाना है

जीवन के पीछे ज़िन्दगी भर भागने का क्या लाभ

जब मृत्यु को एक दिन प्राप्त हो जाना है।

मौसम का सच

उस सफ़ेद चमकीले चाँद के पीछे क्या है
क्या सितारों की मजलिस है
या अँधेरे की कोई साज़िश है
उन नीले बादलों के ऊपर क्या है
क्या बारिश की ख़्वाहिश है
या हवाओं की नुमाइश है
क्यों तारे टिमटिमाते हैं
क्या किसी के साथ आँखमिचौली खेलते हैं
या किसी से छुपने की कोशिश करते हैं
इन मौसम के इशारों को कौन समझ पाया है
इन आँधी तूफ़ानों में किसे सच नजर आया है।

तुम क्या जानोगे

किसी के छोड़ के चले जाने का दर्द
तुम क्या जानोगे।
किसी के बहते आँसुओं का मोल
तुम क्या जानोगे।
किसी के सपनों का टूटकर बिखरना
तुम क्या जानोगे।
किसी के प्यार में हर पल निखरना
तुम क्या जानोगे।
किसी से यूँ मिलकर बिछड़ना
तुम क्या जानोगे।
उस अन्तर्युद्ध का परिणाम क्या होगा
तुम क्या जानोगे।
उस बिलखते दिल का अंजाम क्या होगा
तुम क्या जानोगे।
ग़लती शायद मेरी ही थी
तुम कुछ जानते नहीं
शायद अब मुझे भी पहचानते नहीं...

मुसाफ़िर

उस राह से कभी गुज़र मुसाफ़िर...
जहाँ शंखनाद हो
हाहाकार हो।
जहाँ सत्य बिकता
बीच बाज़ार हो।
जहाँ प्राणियों की
चीख़-पुकार हो।
जहाँ ख़ुदग़रज़ी
सिर पे सवार हो।
हर भाषा में जहाँ
ललकार हो।
जहाँ इंसानियत
शर्मसार हो।
उस राह से कभी गुज़र मुसाफ़िर...

मयख़ाना

ख़्वाबों के झरोखों से अभी निकला ही था
कि मुझे सामने मयख़ाना मिल गया
इक उसने क्या छोड़ा मुझे
यहाँ सारा ज़माना मिल गया
कुछ पुरानी यादें मिलीं
कुछ नया ठिकाना मिल गया
कुछ अधूरे सपने मिले
जीने का फिर से बहाना मिल गया....

बेगाने

अपने घर से ही हम बेगाने हो जाते हैं
अपनों से ही हम अनजाने हो जाते हैं
सुनहरे अवसर की तलाश में घर छोड़ आते हैं
उन अफ़सानों को यूँ ही हम तनहा छोड़ आते हैं...

वो माँ का दुलार
वो पापा की फटकार
वो पनीर के पराठे
काश कोई वो दिन लौटा दे...

कभी लगता है जैसे एक अरसा बीत गया
कभी लगता है जैसे कल की ही बात हो
हर संडे वो शक्तिमान का इंतज़ार
धमाचौकड़ी जैसे हर दिन रात हो....

अब वो गलियारे भी बेगाने से लगते हैं
जिनमें कभी हमारा बचपन बीता था
वो आँगन भी अब अनजाने से लगते हैं
जिन्होंने हमारी बुनियादों को सींचा था...

वो मासूमियत वक़्त के साथ कहीं गुम हो गयी
वो बालक कहीं आँखों से ओझल हो गया
बरसों बाद अब फिर अपने घर को देखकर
ये मुसाफ़िर आज फिर पिघल गया....

ख़रीदारी

कुछ दर्द मेरे ख़रीद लो
कुछ ग़म मेरे मिटा दो
अपनी ख़्वाहिशों का बोझ
मेरे सीने पर बिठा दो

गहराइयाँ हैं इन लफ़्ज़ों में
इन्हें ख़ामोशियाँ दिखा दो
यह लाश अब ठंडी हो रही है
इसे चिता पर लिटा दो।

बंधन

अनकहा अनसुना-सा आज
अंदाज़-ए-बयां करता हूँ
फ़ुरसत से रुख़सत लेकर
खँडहर को आशियाँ करता हूँ
हासिल करके सब कुछ
ओ ख़्वाब-ए-मजलिस
मैं सारे बंधनों को अब
खुद से बाँध लिया करता हूँ।

बदलाव

ऐ ज़िन्दगी सुन ज़रा
थोड़ी देर यहीं ठहर जा
हम अपने हालात बदलकर आते हैं
नये दिन की नयी सुबह में
हम अपने जज़्बात बदलकर आते हैं
उन पुराने जवाबों की तलाश में
हम अपने सवालात बदलकर आते हैं
तू बदल जाए इससे पहले ही
हम अपनी बात बदलकर आते हैं
तुझे जानने की कोशिश में
हम अपने ख़यालात बदलकर आते हैं।

मुलाक़ातें

कुछ मुलाक़ातें सबसे जुदा होती हैं
मुस्कुराहट भरे चेहरे
 और नटखट नज़रें
आपस में जैसे कोई
देवरूपी पैग़ाम साझा करते हैं
जैसे मन ही मन
कोई समझौता हो रहा हो
सारी ज़िन्दगी साथ गुज़ारने का
एक-दूसरे को यूँ ही सारी उम्र निहारने का
उन मुलाक़ातों का कोई मज़हब नहीं होता
उन जज़्बातों की कोई नाराज़गी नहीं होती
उन इरादों की कोई सभ्यता नहीं होती
 वो मुलाक़ातें सबसे जुदा होती हैं
 वो मुलाक़ातें ख़ुद में ही ख़ुदा होती हैं।

क़िस्से

वो भी क्या ज़माना था
जब दोस्त यार मिलते थे
क़िस्से-कहानियाँ सुनाते थे
हँसी ठहाका लगाते थे
टाँग खिंचाई करते थे
खूब जोड़ियाँ जमाते थे...

आज वो सभी व्यस्त हैं
अपनी ज़िन्दगी से त्रस्त हैं
भूले-भटके कभी मिलना होता है
सब सोशल मीडिया में मस्त हैं
अब क़िस्से-कहानियों की जगह
स्टोरीज का ज़माना है
उन हँसी ठहाकों को हटाकर
स्माइलीज ने जगह बना ली है
इन स्मार्टफ़ोन के आशिक़ों को देखते-देखते
हमने भी वो आदत अपना ली है....

ढल गयी शाम

ढल गयी शाम अब लौट आओ
बहुत हुईं बेचैनियाँ
बहुत हुईं नादानियाँ
अब और नहीं सहा जाता
ये तनहाइयों का आलम
ये जुदाई का रंज-ओ-ग़म
हर घड़ी याद आती हैं
तेरी दिलनशीं मुस्कुराहटें
तेरी ख़ामोश आहटें
ज़िन्दगी के कारोबार में जैसे
मैं उलझ-सा गया हूँ
तेरे वजूद को तलाशते हुए
मैं भटक-सा गया हूँ

सपनों की उड़ान

उस बस्ते के बोझ के तले
आज बचपन दबा जा रहा है
जो कल तक हँसता-खेलता था
आज मुँह लटकाए चला जा रहा है....

जिसकी उम्र में ही नादानी है
उसके साथ ऐसा करना बेईमानी है
अपने सपनों की उड़ान उसे भर लेने दो
जो चाहता है वो उसे कर लेने दो.....

 अधूरे अल्फ़ाज़ / अंकित कुमार यादव

दरख़्वास्त

इन बंद दीवारों से
मैं आज भी यही दरख़्वास्त करता हूँ
कुछ पल के लिए ही सही
अपना सुकून मुझे उधार दे दे।

इन इश्क़-के-नज़ारों से
इन जश्न-ए-बहारों से
मैं आज फिर से एक बार कहता हूँ
आख़िरी बार ही सही
ख़ुशियों का मुझको दरबार दे दे।

क़यामत की आख़िरी रात को

क़यामत की आख़िरी रात को
हमारी पहली मुलाक़ात होगी
उन किये जाने वाले वादों की
गवाह सारी क़ायनात होगी......

देखेंगे फिर कि कौन जीतता है
उनका रुआब या हमारा आदाब
देखेंगे फिर कि कौन जीतता है
दिल जीतने का ख़िताब....

लहरें

वो लहरें उस हँसी को दोहराती हैं
जिसका क़ायल मैं बरसों से था
वो लहरें मुझे उसकी याद दिलाती हैं
जिसपे घायल मैं बरसों से था...

बरस बीत गये
यादें मिट गयीं
वो लहरें भी अब तो
ख़ुद में सिमट गयीं....

ज़िन्दगी का सफर

मैं बहुत सारी कहानियाँ पढ़ता हूँ
कई बार कहानी के किसी किरदार में
अपनी झलक दिख जाती है
ख़ुद को ख़ुद के सामने पाना
अलग ही अनुभूति देता है
जैसे किसी ने मुझे पूरी तरह जान लिया हो
जैसे किसी ने मेरे अस्तित्व को पहचान लिया हो

कई बार समझ नहीं आता
कि इन कहानियों में मैं हूँ
या मुझमें ये कहानियां हैं
 ज़िन्दगी भी तो ऐसी ही है
कितनी सारी कहानियाँ
अपने आँचल में छुपाए बैठी है
जिनमें हम अपना अक्स तलाशते रहते हैं

कभी वो यादें बनकर हमें मिलती हैं
तो कभी सपने बनकर हमसे रूबरू होती हैं
हमारा आज भी कल एक कहानी बन जाएगा
इन्हीं कहानियों के सहारे
यह ज़िन्दगी का सफ़र कट जाएगा।

कहानी उस रात की

क्या ढूँढ़ता रहता है तू
उस बूँद में बरसात की
क्यूँ दोहराता रहता है
कहानी उस रात की...

बारिश के मौसम में भीगकर
तू भी ख़ुद को झिंझोड़ ले
अंधकार से दोस्ती छोड़
मुख उजाले की ओर मोड़ ले।

सच

सोच रहा हूँ आज बोल ही देता हूँ
सच जो तुम सुनना चाहती हो
उस मंज़र को आज खोल ही देता हूँ
जिसमें तुम उलझना चाहती हो।

इन नज़रों की दरख़्वास्त शायद
कभी पढ़ नहीं पाओगी
डरती हो कि कहीं इश्क़ हो गया
तो कुछ कर नहीं पाओगी।

फ़रियाद

गुलिस्तां महककर शामियाना बन गया
यह आँगन बहककर मयख़ाना बन गया
ख़ुदा ने अपने हाथों से नवाज़ा था जिसे
वह आज इस महफ़िल का नज़राना बन गया...

अब हमारी शायरी में वो बात न रही
यादों के झरोखों में अब वो याद न रही
दुआएं तो बहुत कीं ख़ुदा से हमने
मगर उनमें आपकी फ़रियाद न रही।

हँसी का मुखौटा

गिरते हुए आँसुओं से कहा मैंने
रुक ज़रा
मैं चाय लेकर आता हूँ
टूटे हुए सपनों को
अपना बाय देकर आता हूँ

जवाब में उन्होंने कहा कि
पहन ले हँसी का मुखौटा
दफन कर ले उसकी याद अपने सीने में
तभी तो सबको मालूम होगा
कि तुझे मज़ा आ रहा है जीने में ....

सिनेमा

अजब-सी दुनिया में ले जाता है यह सिनेमा
झूठ भी सच-सा लगने लगता है
अनूठी कहानियों में अनेक किरदार पिरोये हुए
ग़ैरों को भी अपना करने लगता है।

इस जगत में व्यक्ति डूब-सा जाता है
अपने तमाम सुख-दुःख भूलकर
सिनेमा आख़िरकार सबको ललचाता है
चाहे आप हों, मैं हूँ या कोई और।

समय के साथ सब कुछ बदला है
नहीं बदला है तो बस यह सिनेमा
पॉपकार्न के दाम भले बढ़ गये हों
मगर आज भी वही ट्रैजिडी वही ड्रामा।

क़िस्से-कहानियों का सिलसिला यूँ ही चलता रहेगा
सिनेमा अपना रंग यूँ ही बदलता रहेगा
चाहे कितनी भी कोशिशें कर लें हम
सिनेमा के लिए हमारा मन हमेशा मचलता रहेगा।।

अपनापन

क्या है यह अपनापन
क्या अपनों को पाना अपनापन है
या उनको अपना बनाना अपनापन है
क्या उनसे बातें करना अपनापन है
या उन्हें अपनी बातें बताना अपनापन है

कैसे मिलता है यह? कहाँ मिलता है यह?
जहाँ दो पुराने यार मिलें
क्या वहीं पनप जाता है यह
या फिर इसे पाने में सालों लग जाते हैं
क्या इसे ज़ाहिर करना पड़ता है
या ख़ुद-ब-ख़ुद ज़ाहिर हो जाता है

कितनी कहानियाँ छुपी हैं इस अपनेपन में
यहाँ कौन किसे बताता है क्या छुपा है उनके मन में
अपनेपन से अपने मन का रास्ता कैसे तय करें
क्या किसे क्यों कैसे बताना है
ये अपनापन तय करेगा क्या
या फिर हम तय करें?

अगर वो अपना है तो क्या उसका कोई वजूद नहीं?
क्या वो अपना है जब हमारे दुःख में वो मौजूद नहीं?
या बस साथ हँसने खेलने को ही
अपनेपन की परिभाषा दी जाती है?
हमें तो इसका मतलब पता है मगर
क्या अपनेपन को भी अपनी भाषा दी जाती है?

क्या इसे ढूँढ़ना ज़रूरी है?
या बस यह इंसान की मजबूरी है?

अगर मिल भी जाए तो क्या
अपना कभी पराया न होगा?
क्या इस पर कभी बिछड़ने का साया न होगा?

रुख़

सर्द मौसम की ख़ुशनुमा सुबह ने

मेरे कानों में हल्के से फुसफुसाहट की

रजाई हटाते हुए अलसाए मन से

मैंने खिड़की की ओर देखा तो

सुबह का सूरज मेज पर रखे मेरे लैपटॉप को

मुखाग्नि दे रहा था

पर्दे के बीच में से वो किरण मेरे बंद कमरे को

जैसे भेद रही थी

मुझे लगा कि कोई मेरे मन के भीतर झाँककर

मेरा हाल मुझसे पूछ रहा है

मेरी कहानी सुनने को आतुर है

सर्द दिनों की यही ख़ूबसूरती है कि

नींद के आने और जाने का कोई तय समय नहीं होता

मुझे बिना बताए मेरी आँखों ने बंद होना शुरू कर दिया

मुझे बिना सताये सूरज की किरणों ने भी

अपना रुख़ बदल लिया....

सिफ़ारिश

हम अक्सर मिलते हैं आपकी निगाहों में
इज़हार-ए-बयां करते हैं आपकी फ़िज़ाओं में
कभी तकल्लुफ़ तो कीजिए हमसे निगाहें मिलाने की
हमारी हिमाकत की आरज़ुओं को आज़माने का
जो पसंद न आए तो हमें दरवाज़ा दिखा देना
और पसंद आ जाए तो धीरे से मुस्कुरा देना
कोई गिला नहीं होगा हमें आपसे दूर जाने का
न ही कोई मंज़र है आपके क़रीब आने का
इन हवाओं ने आज फिर साज़िश की है
हमारी आपसे सिफ़ारिश की है।

वो शाम-सी लगती है

पनघट के किनारे की
वो शाम-सी लगती है
उस ढलती शाम का
वो अंजाम सी लगती है
जो मुझ तक कभी पहुँचा ही नहीं
उस पैग़ाम-सी लगती है
जो मेरे हाथों से कभी छलका ही नहीं
उस ज़ाम सी लगती है
जिसे पावन कभी समझा था मैंने
आज वो बदनाम सी लगती है
मुसाफ़िरों की महफ़िल में वो
मुक़ाम सी लगती है
जो कभी मेरे हर लफ़्ज़ में रहती थी
अब वो गुमनाम सी लगती है
जिस रात की कभी सुबह ही न हुई
वो उसकी शाम सी लगती है...

 अधूरे अल्फ़ाज़ / अंकित कुमार यादव

भूख

इस दुनिया में हर कोई भूखा है
किसी का पेट भूखा है
तो किसी की आत्मा भूखी है
पेट की भूख तो मिट जाती है कुछ खाकर
मगर आत्मा की भूख का क्या ?
वो कैसे मिटेगी ?
सब पेट की भूख शांत करने में व्यस्त हैं
किसी को अपनी आत्मा की भूख नज़र नहीं आती
यही संसार के समस्त दुःखों का कारण है
जिस दिन इंसान
आत्मा की भूख मिटाने में सफल हो जाएगा
उस दिन वो
असल मायने में आज़ाद हो जाएगा

मोह माया

तू नहीं रहेगा हमेशा
न रहेगी यह तेरी काया
कितने वर्षों से कह रहा हूँ
छोड़ दे यह मोह-माया
दुःखों का सजीव भण्डार है यह
निश्छल निराकार है यह
पाप-पुण्य के आजीवन युद्ध में
पाप को विजयी बनाने वाला औज़ार है यह
मुक्त हो जा इसके वश से
वक़्त अब भी प्रबल है
पछताएगा वरना जीवन भर
माया के आगे हर प्राणी दुर्बल है
मुड़कर देख मुस्कुराती ज़िन्दगी को
विकारों से दूर शांत सादगी को
लीन हो जा इस परमसुख में
भूल जा अपने मन की आवारगी को
इस सादगी में है सारा ब्रह्माण्ड समाया
बन जा तू भी इसका सरमाया
बहुत हो गया अब तो ठहर जा
छोड़ दे यह सारी मोह माया।

पुराना रिश्ता

मुझे लगता है
मैं कुछ लोगों को
बहुत पहले से जानता हूँ
जैसे उनसे कोई बहुत पुराना रिश्ता है
शायद वो रिश्ता है शायरी का
जो इंसान नहीं जज़्बात देखता है
जो वक़्त नहीं हालात देखता है
जो बेग़ैरती में भी आदाब देखता है
जो खुली आँखों से ख़्वाब देखता है
वो रिश्ता है मुस्कुराहटों का
जो अंजान शख़्सियत को भी
अपना बना देता है
भले कुछ वक़्त के लिए ही सही...

शून्य

रात गुज़रने से सुबह होने के दरमियान
जो समय गुज़रता है
उस पहर में ज़िन्दगी थम जाती है
शून्य में कहीं विलीन हो जाती है
वर्तमान भूत और भविष्य से परे
मुरझाहटों और सिलवटों से परे
कहीं गुम हो जाती है
कहीं और रम जाती है
किसी और दुनिया में
जहाँ हम कभी पहुँच नहीं पाते
या शायद जो वहाँ पहुँचते हैं
वो हमें बता नहीं पाते...

बहुत वक़्त लग जाता है

कभी-कभी ख़ुद को ढूँढ़ने में
बहुत वक़्त लग जाता है
कभी-कभी सफ़र तय करने में
एक अरसा बीत जाता है
ज़िन्दगी जीने के तरीक़े हज़ारों हैं
पैमाने हज़ारों हैं बहाने हज़ारों हैं
उनमें से अपना बहाना ढूँढ़ने में
बहुत वक़्त लग जाता है
ज़िन्दगी का नज़ारा तय करने में
बहुत वक़्त लग जाता है...

क़सूर

न जाने ख़ुदा को है क्या मंज़ूर
न जाने ज़िन्दगी का है क्या दस्तूर
मैं क्या चाहता हूँ
और क्या होता है
मैं तब जागता हूँ
जब यह जग सोता है
न जाने इसमें है क्या मेरा क़सूर
न जाने ख़ुदा को है क्या मंज़ूर...

एहसास

किसी भी किताब को शुरू करने से पहले
मैं बहुत देर तक उसे सूँघता हूँ
वह ख़ुशबू लेखन की होती है
जो मुझे उस समय में ले जाती है
जब लेखक ने कुछ लिखने के बारे में सोचा होगा
समाज की भेड़चाल से दूर
अपने घर की मेज पर बैठकर
अपनी क़लम उठाकर पहला अक्षर लिखा होगा
जब उन अफ़सानों का समाँ बँधा होगा
यह ख़ुशबू उन विचारों की होती है
जिससे आप लेखक के मन को पढ़ सकते हो
पुस्तक पढ़ना वही तो है
एक एहसास और उसका जीवंत विकास।

वजह ढूँढ़ने में मत फँसना

घर की चौखट पर बैठकर
जो खेल रचाये थे कभी
आज भी वो खेल हमारे अंदर
ज़िंदा हैं कहीं
नदी किनारे समय के दरिया में
जो गोते लगाये थे कभी
आज भी वो धुँधली यादें
शर्मिंदा हैं कहीं
पहाड़ी पर किसी अंजान को
जो अफ़साने सुनाए थे कभी
आज भी दिल में उन अफ़सानों का
पुलिंदा है कहीं
पेड़ों की छाँव में बैठकर
जिस कबूतर को दाना खिलाया था कभी
आज भी लगता है कि आस-पास ही वो
परिंदा है कहीं
इन सारी बातों के लिए ख़ुद के अंदर
जगह बनाने में मत फँसना
अपनी ज़िन्दगी जीने के लिए
कोई वजह ढूँढ़ने में मत फँसना...

भटकने का सुख

कभी-कभी घूमते हुए
किसी अंजान चौराहे की
अंजान गली में जाते समय
एक गुदगुदी-सी होती है
कभी-कभी अंजान दुकान पर
कोई अंजान सी चीज़ खाने से पहले
मन में एक झुरझुरी-सी होती है
सोचता हूँ यह रास्ता कहाँ लेकर जाएगा
यह पकवान कौन से स्वाद चखाएगा
एक अंजान सुख की तलाश रहती है
भटकने का सुख
गुम हो जाने का सुख
ताकि जब आईने में ख़ुद को देखूँ
तो ख़ुद की जगह
वो भटका हुआ प्राणी नजर आए
जो एकटक मुझे देखता हुआ
ख़ुद को भूलता जाए...

उड़ान

आकाश में उड़ान भरते हुए
पक्षी भी सोचता होगा
इस आसमान की सीमा क्या है
कहां तक पंख फैलाए उड़ा जा सकता है
समुंदर में तैरती मछलियाँ भी
ख़ुद से पूछती होंगी
इस पानी की दुनिया में
कहाँ तक बेफ़िक्री से तैरा जा सकता है
आकुल होकर सब इधर-उधर भटक रहे हैं
अनेक प्रश्न मन में लिए फुदक रहे हैं
मूकदर्शक बनके चीज़ों को होते देखना
आदतों में शुमार हो चुका है
ज़िन्दगी की आबोहवा की चाल
समझना कोई नहीं चाहता
घोड़े की तरह किसी के दिखाए मार्ग से
भटकना कोई नहीं चाहता
कोई चाह नहीं है ज़िन्दगी के नए रंग देखने की
नये रूप देखने की नये ढंग देखने की
मुक़द्दर के लिखे को सच किये जा रहे हैं
अपनी मुट्ठी में बंद करके ज़िन्दगी जिये जा रहे हैं

कहानी सा लगता है

तुम्हें याद करना वक़्त की
बरबादी सा लगता है
तुम्हें भूल जाना ख़ुद की
आज़ादी सा लगता है
सँवर जाऊँ या बिखर जाऊँ
ख़ुद से भागकर किधर जाऊँ
ख़ुशियों का आना-जाना
ज़िन्दगी का ताना बाना
बेईमानी सा लगता है
महफ़िलों की नूरानी
मदिरा का स्वाद भी अब
पानी सा लगता है
दुनिया का हर रंग भी अब
आसमानी सा लगता है
शांत हवाओं का सुर भी आजकल
तूफ़ानी सा लगता है
तुम्हारा मुझे यूँ छोड़कर जाना
कहानी सा लगता है....

ज़िन्दगी का नशा

मैं भूल जाता हूँ इस ज़ालिम ज़माने को
जब सामने पाता हूँ दिलकश मयख़ाने को
वो उदास शामें भी रंगीन नज़र आती हैं
जब दिल करता है जाम टकराने को
वो सुनसान गलियाँ भी रोशन हो जाती हैं
जब मय भी कहती है ख़ुद को आज़माने को
मुरझायी शाख़ों पर भी फूल खिल उठते हैं
जब इंतज़ाम हो जाते हैं दिल बहलाने को
नशा हो चला है ज़िन्दगी का ऐसा कि
फ़रिश्ते नज़र आते हैं मय के दीवानों को

मैं

मैं जीवन का ब्रह्मज्ञान हूँ
मैं श्वास हूँ
मैं ही प्राण हूँ
मैं अग्नि हूँ
मैं पाषाण हूँ
मैं हर दुविधा का समाधान हूँ
मैं औघड़ हूँ
मैं त्राहिमाम हूँ
मैं निर्लज्ज हूँ
मैं निष्काम हूँ
मैं परमपिता परेमश्वर की संतान हूँ
मैं क्रोध हूँ
मैं पश्चाताप हूँ
मैं क्षमा हूँ
मैं संताप हूँ
मैं कोटि कोटि में विराजमान हूँ

फ़िदा

शायद मैं ज़िन्दगी का मज़ा
लेकर आ गया
या ज़िन्दगी भर की सज़ा
उसे देकर आ गया
नज़्में क्या पढ़ लीं
जैसे गुनाह कर दिया
इश्क़ के जुर्म में
ख़ुद को फना कर दिया
पल भर में ख़ुद को
ख़ुद से जुदा कर लिया
पल भर के लिए ही सही
ख़ुद को उस पर फ़िदा कर लिया

रोटी का टुकड़ा

पेट की आग झेलने की अब उसे आदत पड़ चुकी थी
भूखा रहना उसके लिए कोई नयी बात नहीं थी
बस्ते से आधी फटी वर्णमाला की किताब निकालकर
वो पढ़ने बैठ गया खिड़की खोलकर
रह रहकर भूख उसे व्याकुल कर रही थी
मन कर रहा था कि वो भी अपने दोस्तों की तरह
चौराहे पर भीख माँगने चला जाए
मगर टीचर मैडम ने कहा था
बिना मेहनत के मिली रोटी
पेट तो भर देती है मगर संतुष्टि नहीं देती
इसी उधेड़बुन में वो अपने झोपड़े से निकल गया
थोड़ी दूर पर उसने देखा कि सड़क किनारे
कोई जूठा खाना डाल गया है जिसे कुत्ता चाट रहा है
उसने झपटकर एक रोटी का टुकड़ा कुत्ते के मुँह से
छीन लिया और ख़ुशी से भागने लगा
जल्दबाज़ी में उसके हाथ से वो टुकड़ा छूट गया
वो रोटी का टुकड़ा किसी की साइकिल के नीचे आ गया
वो मुस्कुराता हुआ चेहरा फिर से मुरझा गया
सब कुछ ऊपर से देखते हुए
ख़ुदा का चेहरा भी शर्म से शरमा गया...

ज़ीना चाहता हूँ

ज़ीना चाहता हूँ

मगर जीने की कोई वजह नहीं दिखती

आँसू थामे बैठा हूँ

रोने की भी कोई वजह नहीं दिखती

इस हँसते हुए चेहरे पर मैं इतराता हूँ

कोई सच न जान जाए

यह सोचकर घबराता हूँ

एक अजीब-सा ख़ालीपन है इस दिल में

जैसे कोई चुपके से आकर छू गया महफ़िल में

अब हर आहट से डर लगता है

कहीं भाग जाने को मन करता है

तनहाई का अब आलम है

शायद बस यही मेरा ग़म है

कोई साथ हो तो ख़ुश रहता हूँ

हर ग़म अब हँसकर सहता हूँ

मन पर अब न कोई बोझ है

यही मेरी ज़िन्दगी की सोच है